A lua no coração

ILUSTRAÇÕES

Constança Lucas

CONFORME A NOVA ORTOGRAFIA

São Paulo, 2012

Formato

A lua no coração

Gláucia Lemos

SUMÁRIO

Meu amigo Sambo

Quando saímos em busca de Jumaran, a lua ia alta. Eu não sabia a princípio por que teria que ser assim. Mas meu amigo sabia-o muito bem. Na véspera ele estivera na praia durante longo tempo, consultando as estrelas, e dessa consulta voltara sabendo a hora exata em que deveríamos partir.

Quando a maré vazou, ele desceu à praia e ficou demoradamente examinando o mar e o céu. Olhando a lua, em silêncio. No silêncio profundo e misterioso da noite. Ele já me havia falado, muitas vezes, que, para buscar Jumaran, teria que observar um dia certo de determinado mês, e ainda um momento exato da lua. E quanto esperei...

Meu amigo era um velho marinheiro de idade incalculável. Acho que bem poderia ter uns duzentos anos. Como poderia ter somente vinte. A idade que se lhe atribuísse era só olhar para ele e lá estava ela, na sua aparência. Era como se conhecesse a história da própria humanidade. As raízes das coisas e dos fatos. Tudo de que ele falava parecia guardar um significado profundo. Contava-me às vezes coisas estranhas que me deixavam magnetizada, presa a seus olhos expressivos.

Ele tinha um carisma. E um tipo singular: a pele acobreada como a dos índios brasileiros, mas os cabelos, que lhe roçavam nos ombros e eram levemente grisalhos, ainda mostravam mechas de um preto azulado, exageradamente lisas, como os cabelos dos asiáticos. Seus olhos, entretanto, eram profundamente azuis em certas ocasiões. Em outras, porém, tornavam-se sombrios, escuros, conforme o enfoque da sua narrativa. E se chamava Sambo.

Quando o conheci, eu era ainda uma menina curiosa, que vivia bisbilhotando o mundo, ansiosa por descobrir as coisas e todos os mistérios universais. Os adultos estavam sempre muito ocupados com seus interesses e não podiam mesmo me dar muita atenção. Não me lembro de quando o encontrei pela primeira vez, nem qual foi nossa primeira conversa. De repente, éramos amigos e eu conseguia encontrá-lo sempre que assim desejava. E sempre o encontrava disponível para meu rosário de perguntas. Por isso dei para andar pela praia à sua procura. Estaria sempre em algum lugar da praia, eu supunha. E quase sempre tinha razão. Às vezes, também ele me aparecia repentinamente em outros lugares, os mais inesperados. Era imprevisível, e isso me fascinava.

Não me lembro, nem uma vez sequer, de tê-lo visto conversando com alguém da minha família. Nem com qualquer outra pessoa. Sua amizade era somente minha, o que me fazia sentir uma certa vaidade, embora ele sempre me fizesse contar se avisara em casa que fora a seu encontro. Também eu não sabia onde ele morava ao certo. Na maioria das vezes estava na praia, ora consertando uma rede, ora calafetando um barco. Não raro, apenas fumando seu cachimbo de cano curvo que pendia até seu queixo. E cismando. Caducando, como ele mesmo sempre dizia. Perguntei-lhe uma vez sobre aquele costume de fumar seu cachimbo, e ele tentou explicar em poucas palavras:

— Isso é um antigo costume dos velhos marinheiros que, passando longo tempo na solidão do mar, nas baforadas do fumo que queimam nos cachimbos, procuram preencher o vazio do tempo. Mas não pense que não pagamos caro por essa diversão. Com a passagem dos anos, nossa respiração vai envelhecendo mais depressa do que deveria. Acho que por esse cachimbo morremos mais cedo.

Ele concluiu e sorriu para mim. Fiquei pensando: que maneira mais tola de preencher o vazio... — mas não tive coragem de falar.

Verdade que havia um barraco coberto de palhas onde ele tinha uma rede de algodão, com varandas curtas, um fogareiro e apetrechos de pescaria. Lembro-me também de uma âncora escura, muito grande, que ficava encostada ao lado de um pote de cerâmica, e de um búzio de dimensões inacreditáveis, todo cheio de remendos, que ele dizia serem retalhos da sua própria história.

Vi-o coando seu café no fogareiro, ao anoitecer, uma porção de vezes. Vi-o também fritar chicharros e tainhas numa frigideira de barro que tinha o fundo escuro, tinto pela tisna do fogo de lenha. Mesmo assim, ele insistia em dizer que não morava ali. Entretanto, não revelava nunca onde é que morava. Eu não entendia. Por mais cedo que acordasse para surpreendê-lo no seu barraco, a dormir na rede de malhas avermelhadas, e provar-lhe que me enganava, jamais o peguei dormindo. Sempre ia encontrá-lo, já de pé, fazendo alguma coisa.

Eu achava que meu amigo tinha alguma coisa de mistério. Principalmente porque seus olhos mudavam de cor frequentemente. Iam do azul muito claro, celeste, ao negror noturno do oceano. E quando certa vez lhe perguntei a razão, respondeu simplesmente:

— Quando há sol o céu está claro, muito azul, não é? Mas quando o sol se esconde, o céu também não escurece? À noite o céu não parece negro? Assim também são as pessoas. Meus olhos, os seus, meu coração e o seu, o de todos. A alegria é como um sol no coração. Na sua ausência restam as sombras no coração... e nos olhos também.

Não sei se Sambo era um filósofo-poeta ou um poeta-filósofo, mas não tenho nenhuma dúvida de que tinha partes iguais de ambas as coisas.

Com o passar do tempo nossa amizade foi-se estreitando. Eu já não fazia mais nada sem consultar meu amigo. E ele, que sempre teve o mesmo sorriso ao me receber, foi, pouco a pouco, me contando os episódios de uma longa história, que era um punhado de aventuras que constituíam sua própria vida.

A mulher cor-de-rosa

Quando eles se conheceram e Sambo se apaixonou por ela, a mulher contou-lhe que, no princípio de sua vida, fora uma flor muito rara, que crescia até a altura de um ser humano. Dada sua raridade, o jardineiro a tratava com especial cuidado. E tanto cuidou dela, tanto a protegeu, que a flor acabou por se encantar por ele. O jardineiro era um rapaz muito carinhoso, de olhar terno e bonito. O maior desejo da flor era tornar-se uma mulher, para que os dois pudessem se casar. A boba da flor não sabia que amor só pode existir quando é um sentimento de ambas as partes. Por isso, em uma noite de verão, vendo correr no céu uma estrela, pediu-lhe o milagre da sua metamorfose. E no dia seguinte amanheceu transformada em uma linda mulher. Ingênua e espontânea como era, abraçou-se ao jardineiro tão logo ele se aproximou para regá-la, como de costume. E o rapaz, naturalmente sem entender o que se passara com aquela flor, nem de onde aparecera a estranha mulher de cabelos tão verdes, saiu a correr. Nunca mais voltou.

A flor-mulher, ou mulher-flor, ficou desolada e só. E se pôs a caminhar sem destino. Foi nessa andança que encontrou Sambo. Que também era sozinho e logo se apaixonou pela sua graça e seu irresistível perfume.

Entretanto, sete meses depois, ela voltou a ser flor. E depois de sete meses como flor, voltou a ser mulher. E assim, sucessivamente, de sete em sete meses, ela se transmudava ora em mulher, ora em flor. Cumprido o tempo, pela manhã, quando ele despertava, lá estava a seu lado, no travesseiro, uma enorme flor, muito perfumada. Ele a tomava, a colocava em um vaso de porcelana branca e trocava sua água duas vezes ao dia. Era preciso também ter muito cuidado para que a ventania não passasse pelas pétalas e para que não a machucasse, pois sua corola e sua haste, apesar de grandes, eram muito delicadas.

Sete meses depois, ela era mulher novamente. Era meiga e muito amiga, e Sambo amava-a carinhosamente. Quando se aproximava o sétimo mês, a mulher ia se tornando cada vez mais frágil e perfumada. Quase não falava, só exalava longos suspiros e ficava parada, contemplativa, junto à janela da casa onde moravam. Ao entardecer, ia fechando os olhos devagar, e então Sambo tinha que carregá-la nos braços para levá-la a dormir. Até que, completado o tempo, amanhecia flor. Dava imenso trabalho mantê-la como flor. Exalando muito aroma, atraía as abelhas e, por isso, Sambo tinha que fechar todas as janelas e ficar espreitando os enxames a se debaterem na vidraça, na ânsia de chegarem até ela e sugarem seu mel.

Um dia, ele se demorou tomando seu cafezinho e, quando se lembrou de fechar as janelas, já algumas abelhas voavam em torno do vaso de porcelana. Procurou espantá-las. Abanou as mãos. Agitou um lenço furiosamente, até que todas pareceram ter fugido pela janela, que Sambo tratou de fechar rapidamente, e voltou a tomar seu cafezinho. Quando retornou ao quarto, porém, lá estava uma grande abelha pousada em uma das pétalas menores da larga corola de sua flor cor-de-rosa. Espantou-a, preocupado. Quando, alguns meses depois, a flor retornou à sua forma humana, tinha na face direita a picada da abelha, muito vermelha e inchada. A mulher mostrou-se bastante aborrecida. Achava que ele não tinha cuidado dela como devia. Agora teria que tratar a picada da abelha, que lhe doía muito. Mas Sambo, que era muito dedicado, tratou a ferroada com o mesmo carinho de costume, até que ela se recuperou e ficou feliz novamente, por mais seis meses.

Eis que, em uma fria manhã, bem em meio ao mês de junho, a mulher se tornou flor. Havia muita chuva e, lá fora, a ventania nos galhos mostrava um inverno como havia muitos anos não acontecia. Sambo cuidava da flor com redobrado interesse. E assim se passaram os meses de junho e julho. E chegou agosto. O mês dos ventos fortes.

Certa manhã, ainda cedo, o mar estava agitado e os ventos lá de fora escancararam a janela do quarto e apanharam a flor, despetalando quase toda a sua corola. Sambo correu aflito a apanhar as pétalas e tentar recolocá-las no cálice desfolhado. Mas foi inútil. Muito triste, ele guardou em uma caixa grande parte da corola desfeita. Pensou que sua flor tivesse morrido. Com a passagem dos dias, porém, observou que o caule continuava verde

e verdes conservavam-se todas as folhas. Cheio de receios, mas também de esperanças, aguardou os quatro meses restantes. E, ao final do prazo, a mulher retornou do vegetal. Ao sair da jarra, Sambo viu, com tristeza, que seus lindos cabelos verdes não existiam mais. A cabeça da mulher ficara completamente nua. Inconsolável, ela demonstrou muita mágoa de Sambo, que se descuidara dela. Entretanto, ele apanhou a caixa e descobriu que as pétalas se haviam transformado nos belos cabelos verdes da mulher. Inutilmente, tentou reimplantá-los. Ela, porém, decepcionada com o amor de Sambo, apanhou a caixa que continha seus cabelos e foi embora. À procura de Jumaran, para que lhe desse novos cabelos ou a livrasse da alternativa dos sete meses, fazendo-a retornar à sua origem vegetal. Cansara de ser mulher.

A mulher-caramujo

Passei largo tempo impressionada quando soube dessa mulher-flor na vida de meu amigo. Só um homem estranho como Sambo poderia mesmo ter sido casado com uma mulher que se transformava em flor.

Muitas vezes pedi-lhe que repetisse detalhes e me deliciava olhando seus gestos discretos, que acompanhavam a fala grave e macia, virgulada pelas baforadas do inseparável cachimbo. Nessas horas, o silêncio era tão presente dentro da cabana que se podia escutar o sopro das cachimbadas de Sambo e o chiado triste das cigarras vindas lá do arvoredo no começo da noite.

Crescia, porém, em mim, a curiosidade pelo que teria acontecido a meu amigo após a perda da mulher cor-de-rosa. E me punha a esperar o dia em que ele se dispusesse, espontaneamente, a continuar a narrativa de sua própria história. Sambo, porém, silenciava sobre o assunto, e eu sentia que devia ser discreta.

Certa tarde em que fui encontrá-lo muito ocupado com um barco, pus-me a observar como era estranho o tipo físico de Sambo. Era um índio na cor da pele, um europeu na cor dos olhos, nos cabelos seria um asiático e, para completar, tinha um nome africano. Perguntei-lhe por que era assim sua aparência. Como sempre, meu amigo esperou alguns segundos antes de começar a falar, com os olhos muito fixos nos meus. Como se procurasse a maneira mais convincente de me dizer alguma coisa que deveria ficar bem incutida no meu entendimento.

— A gente se parece com aquilo em que acredita. Eu acredito que os homens são todos irmãos, sem diferença de raças ou de nacionalidades. Eu acho que ser gente é o bastante para ser irmão. Eu sinto isso. E quando a gente sente uma coisa profundamente, e acredita nela, acaba se tornando um pouco daquela coisa. Acaba ficando impregnado de tudo em que acredita. Até mesmo fisicamente, como eu.

Achei muito bonito alguém ter uma fé como aquela. Ficar parecido com aquilo em que acredita... Eis uma coisa nova em que eu jamais pensaria se não tivesse um amigo para me despertar. Um dia eu chegaria a ter alguma fé assim tão profunda como aquela do velho marujo? Seria preciso ter vivido tanto tempo quanto ele para conseguir tanta sabedoria? Quanto tempo de vida teria ele? Jamais me revelou. Dizia sempre que idade não tem nada a ver com certidão de nascimento. E argumentava:

— Os homens podem ser eternos. Podem viver cem anos, quinhentos, milênios, enquanto forem amados e lembrados. Pelo amor que bem souberem dividir, ou pelas obras que bem souberem construir. Viver é estar presente. Não importa se essa presença se faz através do corpo físico ou através da lembrança, da recordação de palavras e de amor, ou da contemplação das obras realizadas. Eu não sei mais em que ano foi que nasci. Mas sei que vou chegar a ter talvez duzentos anos ou trezentos. Você é ainda muito criança, não é? E você é tão minha amiga. Quando estiver bem velhinha ainda vai se lembrar desse marinheiro velho, eu sei que vai. E se você contar a seus filhos as coisas que conversamos, eu estarei vivendo nesse tempo também. E então? Nessa época acho que terei uns trezentos anos.

Confesso que, no momento, achei um tanto confuso, mas Sambo era assim mesmo. Dizia algumas coisas um pouco difíceis. Logo mudei de assunto e lhe perguntei se ele ficou muito sentido quando a mulher-flor foi embora procurar Jumaran.

— Muito... — ele me respondeu. E repetiu — Muito!

Quando ainda tinha a mulher, navegava durante alguns dias dos sete meses em que ela era mulher, mas tinha que permanecer em terra durante os outros meses em que ela era flor, para dispensar-lhe os cuidados de que necessitava. E isso ele fazia com grande alegria. Depois que ela se foi, Sambo fez-se ao mar, para esquecer as saudades. Navegava indefinidamente de dia e de noite. Só aportando para reabastecer seu barco de alimentos e de combustível.

Assim foi que, certa vez, estando muito cansado, ancorou em uma bacia, em frente de uma ilha de vegetação acolhedora e farta. Era uma noite quente, e o homem adormeceu no convés. Havia um luar belíssimo que refletia no mar uma faixa de luz.

Sambo acordou de madrugada, quando o sol ainda nem começara a aparecer. Encantado com o que via da ilha, nadou um pouco até a praia. Andou por ali algum tempo, explorando as imediações, até que conheceu uma mulher muito bonita, que tinha a pele branquíssima, quase transparente, e os olhos tão pretos que não se distinguiam suas pupilas. Era muito calada e sisuda. E parecia o único ser humano habitante da ilha. Ao fim de alguns dias, o marinheiro tinha conquistado a confiança dela e vieram a se tornar grandes amigos.

Durante o dia eles passeavam pela ilha, a mulher sempre a guiá-lo, que bem conhecia os perigos do lugar. Quando a noite chegava, porém, ela desaparecia, sem que o homem pudesse descobrir onde ficava sua moradia. Até que, certa noite, ele a seguiu disfarçadamente e, com surpresa imensa, viu-a entrar na casca de um gigantesco caramujo. Era realmente uma coisa nunca vista. Mas não seria isso que haveria de abalar a amizade dos dois. Andavam pela floresta, apanhavam frutas e passeavam. Ela ensinava Sambo a imitar a linguagem dos animais e a distinguir as frutas venenosas daquelas que podiam ser consumidas. Em troca, aprendia a linguagem das pessoas e a feitura de redes de pescar utilizando as fibras dos vegetais. Mas todas as vezes que Sambo pretendia zarpar, a mulher começava a chorar e a lhe pedir que ficasse. Que ele não sabia como era triste viver ali sozinha, como sempre vivera até a chegada dele. Então o marinheiro se apiedava dela e ficava. Para alimentar-se pescava, catava ostras e siris. À noite subia para o barco e a mulher entrava na concha do caramujo. Não sabia calcular durante quanto tempo vivera na ilha desse jeito. Era uma vida saudável, mas muito monótona, e Sambo não via a hora de outra vez levantar âncora e enfrentar os mares.

Assim foi que, uma tarde, Sambo chegou à praia e encontrou a amiga chorando novamente. Sentiu muita pena, porque ela chorava tanto que, ao invés de ser a maré enchente que corria para a praia, eram suas lágrimas que escorriam praia abaixo, para dentro do mar, em tal quantidade que já estavam fazendo subir o nível das águas. Procurou saber a razão de ser de tanto choro, daquela vez mais sentido do que em todas as vezes anteriores. A mulher, em resposta, mandou-o olhar o céu na direção do oeste, e o homem, reparando bem, viu que cresciam formações de nuvens lilases e pesadas. Não entendeu nada, porém. E ela, sem parar de chorar, explicou-lhe que aquele era o sinal. O sinal apocalíptico. Todo vivente da ilha sabia disso. Espiasse na praia e veria como os aratus estavam se enfurnando nos rochedos, como os cardumes estavam fugindo céleres para alto-mar. Como os grauçás não estavam mais andando pela praia, mas, ao invés, estavam aprofundando suas tocas na areia. Olhasse o espaço. Veria como não havia mais gaivotas pela ilha. Ao contrário, todas elas estavam arribando. Visse os bandos brancos fugindo na direção do sul. Nem sequer um albatroz permanecera do outro lado da ilha, onde costumavam ficar. Olhasse o alto, agora mesmo, lá estava indo o derradeiro, planando no espaço com suas asas gigantescas. Entrasse na floresta e examinasse o chão. Os calangros e lagartixas já se haviam escondido. Veria que nenhum camaleão movimentava as folhas secas caídas das árvores, com suas corridas curtas e rápidas. Todos se haviam abrigado. Não encontraria uma só ave pelos galhos. Reparasse bem. Estavam todas voando em demanda do sul. As menores morreriam a caminho, não teriam forças para atravessar o oceano. Só algumas conseguiriam atingir o outro lado. Mas todas fugiam. Espreitasse o espaço. Era o êxodo. Todo vivente da ilha sabia disso. Conhecia o sinal por instinto. Nascia sabendo.

Sambo olhou para o alto. Viu a mais linda revoada que poderia imaginar. De um colorido variado, o bando de aves, de todos os tamanhos e de todas as famílias, deslocava-se para o sul. Era, porém, de uma beleza triste, a daqueles que fogem do lar, fugindo da morte. Depois o homem foi à praia e à floresta, e, como a mulher lhe tinha dito, a praia tornara-se uma faixa deserta. Nem um só goré corria pela areia, mas havia uma infinidade de furos, que eram os sinais dos seus abrigos. Nos rochedos dos mangues não havia um só aratu, um só guaiamum. Todos haviam desaparecido, estavam escondidos em suas malocas. E, nas espumas transparentes da água salgada, ele ainda pôde avistar os últimos siris fugindo para dentro do mar, seguindo os cardumes das piabas e das tainhas menores, que costumavam chegar até mais perto da praia. Só algumas águas-vivas embaraçadas em sargaços permaneciam à mercê do vaivém da maré.

Na floresta o silêncio não era o silêncio da paz, mas a mudez da morte. Nem um mexer de folhas, nem o mais leve agitar de um galho. Os saguis estavam amontoados pelas forquilhas mais altas e espiavam para o céu cheios de medo em uma expressão quase humana. Nem um cicio de cigarra ou um piar de mocho, ou um arrulho de rolinha. O chão parado. Havia morrido o bulício dos lagartos inquietos. Até o próprio vento se ausentara por completo, e tudo permanecia pesadamente silencioso.

Sambo voltou pisando devagar nas folhas secas, como que respeitando a mudez agourenta.

A mulher ainda estava chorando. Perguntou-lhe o que significava tudo aquilo. Por que no ar tanta infelicidade? Por que o silêncio dos que costumavam cantar? Por que a triste fuga dos que eram os donos da terra? Onde é que estava a vida daquela ilha tão bonita e tão feliz? Ela lhe explicou que as nuvens lilases do oeste prenunciavam o fim de tudo. Nos dias que se seguissem desceria um temporal tão forte que inundaria sua casca e ela ficaria sem abrigo. Depois a ilha também seria completamente inundada e ela morreria. Todos os da ilha sabiam que isso iria acontecer, pelos ventos que vinham do oeste, pelas nuvens que de lá se anunciavam. Tinham certeza de que um dia aconteceria, e agora sabiam estar iminente.

Sambo resolveu ajudá-la. Não poderia deixá-la morrer. Os dois apanharam a concha gigantesca e levaram-na para o barco. Era muito pesada. Depois colheram algumas frutas rapidamente, antes que a noite chegasse, para conseguirem fugir sem que a tempestade os apanhasse. E embarcaram. Não havia mais sol quando o barco zarpou. Mas a mulher só parou de chorar quando a embarcação deixou a bacia e a ilha foi ficando cada vez menor a seus olhos.

No princípio da madrugada, o vento começou a soprar mais forte e o mar a se encrespar. O céu escuro mostrava, aqui e ali, o fogo dos raios, e o rápido clarão dos relâmpagos penetrava no barco. Os trovões ribombavam baixo, como se estivessem logo acima da cabeça de Sambo e da mulher. As ondas cresciam e molhavam todo o convés. O homem lutava contra a força do mar, e o barco algumas vezes pareceu frágil, levado pelas ondas impetuosas.

Sambo era um marujo hábil e experiente, e a mulher se soubesse rezar certamente o teria feito com muita fé. Mas era apenas uma selvagem, só sabia agarrar-se ao madeirame, com os cabelos desgrenhados pela ventania e os olhos pretos muito espantados, grudados ao rosto de Sambo, como se dele lhe viesse toda a força e proteção.

Quando finalmente a tempestade suavizou, estavam em alto-mar e puderam prosseguir sem problemas. O marujo não sabia em que direção estavam indo, pois o vendaval desorganizara toda sua rota. Importante é que se haviam livrado da tempestade, e agora aportariam na primeira cidade que surgisse no horizonte. Depois resolveriam qual o melhor destino para eles.

Alguns dias após, avistaram vegetação e para lá se dirigiram. Mais perto um pouco, distinguiram pequenas construções muito modestas, para dentro de uma faixa de praia onde ancoravam alguns saveiros. Mas não havia cais de atracação. O homem resolveu esperar a maré mais propícia para lançar ferros o mais próximo da praia que lhes fosse possível. Então saltaram dentro da água, os dois, e retiraram com cuidado o caramujo da mulher.

Logo encontraram uma choupana e nela se instalaram. O pessoal do vilarejo olhava com muita curiosidade para os dois, mas Sambo não queria que se aproximasse. Sua amiga era muito estranha e ele temia complicações. Assim eles foram vivendo. Sambo pescava durante o dia no seu barco, enquanto a mulher cuidava da casa e ia aprendendo a preparar algumas comidas com a orientação do amigo. Quando chegava a noite, como de costume, ela entrava na casca do caramujo e dormia tranquila até o dia seguinte.

Uma noite, porém, Sambo demorou para voltar do mar e a mulher ficou preocupada. Logo começou a chover e ventar forte. A mulher, que não deixara de ser chorona, temendo pela vida de Sambo, abriu um berreiro tão alto que todos os vizinhos vieram saber do que se tratava. Conversaram com ela, tentando acalmá-la, e depois todos se foram. Ficou somente uma senhora lhe fazendo companhia, enquanto Sambo regressava. Aconteceu, porém, que a mulher do caramujo sentiu sono, e, como não tinha malícia alguma, entrou na sua concha, mesmo na presença da visita, e se pôs a dormir. A mulher do vizinho não acreditava no que via. Como era muito indiscreta, no dia seguinte, reuniu o pessoal da vila e informou a todo mundo que a nova moradora do lugar dormia dentro de uma casca de pregoari. Foi o bastante para que uma procissão de curiosos se dirigisse para o casebre de Sambo, a fim de conhecer a concha em que a mulher dormia. E ela, muito boazinha, não se incomodou de mostrar. Deu-se, entretanto, que todos queriam experimentar, e tanto subiram e tanto empurraram e tanto quiseram entrar todos ao mesmo tempo que acabaram quebrando a concha do caramujo.

Nessa noite, quando a mulher quis entrar para dormir, a concha estava em pedaços. A coitada chamou Sambo e começou a chorar novamente. Queria que ele a consertasse. E ele, muito paciente, bem que tentou. Passou cola, cola-tudo, clara de ovo, goma-arábica, cola de tapioca cozida, fita durex, goma adragante, fita isolante, esparadrapo, cola de madeira, esmalte de unha, cola de bucho de peixe, cola de isopor, cola de porcelana, cola de asfalto, goma de farinha de trigo, betume, piche, goma de mascar, látex de seringueira, liga de cimento com gesso, massa de modelar... Não houve cola ou substância pegajosa que consertasse o caramujo da mulher. Sambo tentou convencê-la a dormir na cama, como dormem todas as outras mulheres. Ela, porém, não se acomodava. Estava habituada e se enrodilhar dentro da sua casca, onde nascera. E chorava, e chorava. Maldizia o povo daquele lugar. Queria voltar para sua ilha, onde todos respeitavam os direitos alheios. E chorando foi embora a caminho de Jumaran. Para pedir-lhe outra casca de caramujo onde pudesse morar e para pedir-lhe outra ilha igual à sua, onde queria voltar a ser feliz. Sambo ficou muito preocupado por vê-la partir sozinha, tão indefesa que era e ignorante dos costumes da gente comum. Mas se essa era sua vontade, não lhe restava senão respeitar a decisão. E assim, sempre aos prantos, partiu a mulher do caramujo em busca de Jumaran.

A lei do rei

Algumas semanas depois que a mulher foi embora, Sambo foi acordado certa manhã por um tumulto.

Saiu da cama de um pulo e, ao abrir a porta, defrontou-se com o que supôs ser toda a população do lugarejo. Uns cem homens armados com pedaços de madeira, estacas, mãos de pilão, pernas de cadeiras, varas, cacetetes, garrafas vazias, cabos de vassoura, canos de tubulação, velhas bengalas, muletas e guarda-chuvas, galhos de árvores e pedaços de esquadrias. Ameaçavam-no, exigindo que cumprisse a lei. Mas, quanto mais perguntava de que estava sendo acusado, mais seus acusadores gritavam e xingavam. Os punhos erguidos ameaçadoramente. Finalmente alguns mais fortes adiantaram-se e levaram-no seguro pelos braços. Andaram um pouco por algumas ruas e terminaram por entrar em uma pequena casa, onde os recebeu um homem grandalhão, de músculos salientes e fala de trovoada. Deveria ser o chefe de alguma coisa, talvez o guardião das leis, a julgar pelo respeito com que era tratado pelos outros. O homenzarrão mandou que os demais se retirassem. Quando obedecido, começou uma conversa com o marinheiro. Explicou-lhe que naquele lugar nenhum homem poderia ficar sozinho. Nasciam mais meninas do que meninos, de maneira que havia um número de mulheres tal que não era permitido a nenhum homem permanecer sem companheira por prazo maior que um mês após a morte ou partida de sua mulher, para preservar a paz social. Cada homem deveria ter sua respectiva mulher. Como fazia quase dois meses que a mulher do caramujo se fora, a população estava impaciente, porque ele não escolhera ainda outra companheira. Todos tinham sempre em casa muitas mulheres jovens e solteironas, e eram todos também muito pobres, por isso estavam exigindo a decisão de sua parte.

Sambo escutou pacientemente, como era bem do seu jeito, toda a explanação do homem. E começou a meditar sobre qual poderia ser, no momento, a melhor atitude. Depois que se fora a mulher cor-de-rosa, não tinha mais voltado a se interessar por outra qualquer com o objetivo de casamento. Não achava correto casar-se com alguém apenas para dar cumprimento a uma lei ou a um costume. Se lhe dessem tempo para conhecer melhor as moças do vilarejo, talvez alguma delas caísse no seu agrado e ele acabasse casando-se com ela. Mas o chefão argumentou:

— O tempo que a lei concede são os trinta dias após a partida da última. Esse tempo está cumprido e você deve casar-se imediatamente com alguma das nossas mulheres.

— E se eu optar por ir embora?

— Isso também não lhe é mais permitido. Poderia tê-lo feito dentro do prazo dos trinta dias sem companheira. Tendo vivido sozinho trinta dias, pescando dos nossos peixes, tem agora a obrigação de alimentar uma das mulheres daqui.

A essa altura, Sambo entendeu que só lhe restava mesmo submeter-se, e tranquilizou o chefe. Que se despreocupasse, podia deixá-lo ir em paz, escolheria uma nova esposa dentre as mulheres da terra. Para sua surpresa, entretanto, o homem retificou:

— Só que você, sendo estrangeiro e não tendo cumprido nosso costume a tempo, perdeu o direito de escolher livremente. Você vai aceitar a mulher que os nativos daqui lhe oferecerem. O comum é que aqueles que têm em casa alguma mulher que lhes esteja causando algum problema aproveitem essa ocasião para livrar-se dela, oferecendo-a ao estrangeiro.

Foi nesse momento que Sambo começou a se arrepender de ter ancorado naquele estranho lugar. Além de ser coagido a voltar a casar-se, ainda lhe seria impingida uma mulher dentre as problemáticas.

Depois de lhe ser comunicado que, no dia seguinte, a mulher destinada deveria mudar-se para sua casa, o chefão despediu-o.

A caminho de casa, Sambo foi tentando acostumar-se com a ideia de ser casado com alguma mulher feia, velhota e chata, provavelmente.

No dia imediato, às primeiras horas da manhã, bateram à sua porta. Sambo teve enorme surpresa quando, abrindo-a, encontrou uma mulher jovem e bonita, acompanhada pelo irmão, que foi entrando e falando.

— Tenho esta moça lá em casa. É minha irmã e eu bem posso mantê-la. Tenho quatro barcos de pescaria e não sou dos mais pobres da redondeza. Além dos barcos, tenho a maior plantação de abacaxis que há por aqui. Ela, porém, vem me dando muito trabalho e muito aborrecimento. É melhor que se case logo.

Indicou a moça.

O marinheiro mal acreditava. Então lhe traziam uma esposa jovem e bela! Mas logo começou a desconfiar. Qual seria seu defeito? Teria que ter algum, e grave. Para estar rejeitada a ponto de ser impingida a um estrangeiro...

Mal saía, entretanto, o irmão da moça, eis que lhe chega outra mulher, pela mão do cunhado. Esta era uma solteirona não muito alta, mas também bonita. Teria um pouco de idade mais que a primeira. O homem que a acompanhava empurrou-a de leve para diante de Sambo, como o primeiro fizera, e começou a falar:

— Aí está sua mulher. É irmã da minha. Ela é boa moça, mas eu sou muito pobre e não posso sustentá-la.

Sambo, surpreso, ficou olhando para as duas mulheres, sem saber o que responder. O recém-chegado, porém, já lhe informava.

— Tendo duas ao mesmo tempo, você tem o direito de escolher. Pode passar o dia observando as duas, e, no princípio da noite, comunicar aos responsáveis por elas sua decisão. Mas tem que ser ainda hoje, não pode passar a noite com as duas em sua companhia.

Falou e foi embora. Sambo demorou-se um pouco refletindo na situação. Como foi que se meteu em uma daquelas? Ele não queria mesmo casar-se com nenhuma das duas. Ainda esperava, um dia, vir a encontrar em Jumaran sua mulher cor-de-rosa.

A esta altura, a mais jovem não se conteve e começou a lhe pedir que, por favor, ficasse com a outra. Ela estava apaixonada por outro homem e não queria casar-se senão com o namorado. Sambo interessou-se pelo assunto e a moça acabou explicando que naquele lugar só se valorizavam as pessoas que trabalhavam em alguma coisa ligada à alimentação. Sendo um lugar muito pobre e distante de outros portos, quase perdido lá nos confins do oceano, dificilmente aportavam embarcações levando mercadorias. Por isso, aqueles que lidavam diretamente com alimentos eram considerados mais importantes. Contudo, nem todos podiam ser pescadores, caçadores ou lavradores. Havia os que faziam sapatos, os que teciam redes, os que fabricavam as mesas e cadeiras. Essas, porém, eram consideradas ocupações depreciativas, porque através delas só se chegava ao dinheiro, que precisava ser trocado pelos alimentos, com aqueles que o tinham como fruto imediato do seu trabalho, como os que pescavam e os que plantavam.

Sambo estava mais que admirado. Pediu-lhe que continuasse. Então ela lhe explicou que estava apaixonada, mas seu namorado se ocupava de fabricar cestos, e por isso seu irmão, que plantava abacaxis, os havia proibido de casar. E ao saber do estrangeiro que estava sem companheira, apressara-se em oferecê-la, já que era um pescador.

— Por favor, fique com ela. Diga ao meu irmão que sou feia a seu gosto. Que minhas mãos são pequenas, não servem para abrir as ostras da sua pescaria, e que tenho braços magros, sem forças para aguentar o peso da sua rede. Só servem mesmo para carregar cipó. Por favor, fique com a outra!

E gemia, pedindo ao homem que tivesse pena do seu coração. Sambo olhava para ela e não tinha como achá-la feia. Seus cabelos em cachos além dos ombros eram castanhos e sedosos. E tinha lábios bem desenhados e olhos suaves. As mãos eram pequenas — seria defeito? —, ele as achava graciosas.

A mulher do cadeado

Sambo levantou a cabeça e fixou a outra mulher. Perguntou-lhe por que o cunhado a trouxera. Essa tinha aspecto maduro. O olhar era sereno, porém firme, e seu rosto tinha uma beleza forte, uma expressão de segurança. Os cabelos escuros, presos em uma trança longa. Seu físico não dava ideia de fortaleza. Ao contrário, era de frágil compleição e a força que parecia comunicar vinha de sua expressão. Que deixava adivinhar uma personalidade marcante. Descerrou os lábios para Sambo e lhe mostrou um pequeno cadeado que prendia à língua seus dentes inferiores. Depois de reparar bastante no cadeado, Sambo perguntou-lhe se lhe tinham entregue a chave. Com um gesto da cabeça, disse não. Ele, então, com um alicate, cortou cuidadosamente a mola trancada e libertou a língua da mulher. Foi aí que ela contou que era mantida assim porque falava coisas proibidas.

— Proibidas por quem? — quis saber Sambo.

— Por eles, pelos homens daqui.

E começou a narrar, devagar, mas com segurança, como tinha demonstrado às outras mulheres por que não deviam aceitar a continuação do que acontecia. Por que deviam carregar as cargas de abacaxi em lugar dos animais, quandos estes se cansavam?

Todas as tardes, quando findavam os afazeres, as mulheres do local se reuniam e falavam dos seus cansaços e das suas tristezas. E expunham seus anseios por uma vida melhor e mais alegre. E ela as aconselhava. Que conversassem com seus maridos, ao invés de temê-los. As mulheres dali não conheciam respeito, só sabiam de medo. Não conheciam amor, só sabiam de submissão. Por isso tinha sido um aprendizado muito difícil e demorado. Todas sabiam o que queriam, contudo não tinham a menor ideia de como o conseguiriam. Foram inúmeras tardes de conversas, de discussões e debates, até que elas se sentissem seguras a ponto de afastar o temor e tentar o início das conversas com os homens. Estavam habituadas àquele comportamento havia muitos séculos e, embora não se sentissem felizes, entendiam que fazia parte da sua condição feminina aquela obrigação ao silêncio submisso e a todo aquele medo que as dominava ao escutar o timbre grave e forte das vozes masculinas.

As mulheres mais velhas gostavam das suas ideias, mas não se sentiam encorajadas para pô-las em prática. As mais jovens, porém, vislumbraram uma vida mais alegre, mais descontraída, uma nova motivação para o cotidiano, e até se tornaram mais risonhas e entusiasmadas. E se puseram a tentar conversar com seus maridos, ao invés de se dedicarem somente a servir-lhes. E falaram sobre as novas ideias que haveriam de tornar todos muito mais felizes.

Eis que os homens, porém, passaram a desconfiar da novidade e se colocaram em guarda. Fizeram também suas reuniões, todos

muito preocupados com as novas atitudes de suas mulheres, e decidiram que não! Não era preciso mudar coisa alguma. Estava tudo muito bom assim. Como sempre fora, desde seus avós e dos avós dos avós dos seus avós.

E trancaram suas mulheres dentro de casa para evitar que voltassem a escutar tamanhos despropósitos, e lhes mostraram seus bíceps muito desenvolvidos para demonstrar que a força física de que eram dotados dava-lhes o direito de serem temidos, pois quem tinha mais força tinha também o poder.

Foi então que, para maior segurança da preservação de suas tradições, exigiram o nome da subversiva que lhes havia incutido aquelas tolas ideias revolucionárias. Amedrontadas, elas indicaram a mulher que usava uma trança e que, nas raras vezes em que aportava um navio, corria até ele — o que era proibido a todas as mulheres — para voltar carregada de muitos jornais e revistas.

Os homens agarraram a mulher e a levaram a julgamento. Foi acusada de subverter a ordem social e de desobedecer às leis do rei. E condenada ao cadeado, para que sua língua nunca mais falasse aquelas coisas estranhas a seus costumes, que só tinham servido para atrapalhar a paz em que sempre vivera aquele povo. Desde então, todas as mulheres voltaram ao comportamento antigo, voltaram a ser infelizes e caladas. Nenhum homem quis casar-se com ela. Alguns diziam que era louca e os outros a olhavam com repulsa, por ter tido a audácia de questionar costumes tão antigos. O cunhado a trouxera ao estrangeiro porque dela se envergonhava e desejava livrar-se de sua presença.

Sambo admirou-a muito, mas não se apaixonou por ela. Nem pela mais jovem. Não pretendia casar-se com nenhuma das duas. Passou o resto do dia meditando num plano que pudesse ajudá-las. Assim, ao fim da tarde, foi ao irmão da primeira e lhe comunicou que se casaria com ela. O moço ficou muito contente por livrá-la do cesteiro. Depois, procurou o cunhado da outra e lhe falou que a escolhera. O homem olhou-o como quem diz: você não sabe o que está levando... e abraçou-o para demonstrar seu contentamento. Em seguida o marinheiro foi ter com o cesteiro e conversaram demoradamente.

Alta noite, quando toda a vila dormia, Sambo e as duas mulheres apanharam todos os pertences que havia na choupana e, apressadamente, alcançaram o barco. Sem que ninguém os visse, no silêncio noturno, zarparam. No convés estavam arrumados todos os cestos que o cesteiro tinha prontos. E, com a namorada, ele fugiu também.

Navegaram velozmente, os quatro fugitivos. Quando o dia clareou, já se encontravam a muitas milhas da vila.

Sambo não sabia ao certo aonde estavam indo, a que porto, já que na tempestade perdera todos os instrumentos de náutica. Mas seguia sempre em frente, guiando-se de dia pelo sol e à noite pelas outras estrelas.

O novo porto

Viajaram por muitas noites e por muitos dias. Até que encontraram um porto que parecia muito bonito. Havia uma ponte muita bem construída, bastante sólida, avançando para o mar, e a ela a embarcação foi dirigida.

Era uma cidadezinha de aspecto próspero. Andaram pelas ruas, encontraram algumas lojas e observaram que as casas eram construídas com tijolos e cimento. E que havia telhas de cerâmica cobrindo os tetos. Numa pequena praça viram crianças brincando em torno de um lago e canteiros com flores coloridas. Era uma cidade bonita. Sambo e o cesteiro apressaram-se a desembarcar os cestos que eram muito bem tecidos e começaram a oferecê-los aos transeuntes, para que os comprassem. O pessoal não conhecia cestos, carregava seus pacotes em sacolas de papel muito enfeitadas, com pequenas alças de cordão, que facilmente se rasgavam a um peso maior. Logo todos se encantaram com os bonitos cestos do namorado da moça e os adquiriram pagando muito bem. Daí, o casal, muito entusiasmado, resolveu ficar na cidadezinha. Casariam e iriam viver do fabrico dos cestos.

A mulher do cadeado, porém, não quis ficar. Por que ficaria? Ali não poderia ser útil. As mulheres comiam ao lado dos homens.

Olhasse logo ali naquela esquina, onde havia tantas mesas espalhadas e um grupo de pessoas jantava. As mulheres tomavam água do seu próprio copo, sem esperar que os homens lhes dessem permissão, como acontecia no vilarejo. E não tinha encontrado pelas ruas nenhuma mulher carregando às costas as cargas dos animais.

— Que ficarei fazendo aqui? Ensinando-lhes alguma coisa que elas já conhecem? Aqui ninguém precisa de mim.

Sambo ainda argumentou:

— Você poderia viver livre da condenação do cadeado. Se voltar para lá, continuará a não poder falar e de nada vai adiantar. Veja como as mulheres daqui são livres, caminham ao lado de seus maridos, conversando e rindo alegremente. Elas são como você.

Mas a mulher não aceitou. Não lhe bastava a própria liberdade. Queria encontrar o caminho da libertação para suas irmãs ignorantes. Devia buscar um lugar de onde, tendo aliados, pudesse partir para libertar suas companheiras oprimidas.

Sambo compreendeu. E lhe perguntou aonde pretendia ir à procura de forças e aliados. E ela disse que iria a caminho de Jumaran.

Vi os olhos de Sambo tornarem-se de um azul esverdeado, emocionados, ao relembrar a coragem da mulher. E perguntei:

— Por que você não se casou com ela? Não era uma grande mulher, Sambo?

— Era. Era uma grande mulher. Mas não era amor o que eu sentia por ela. Era admiração pela sua coragem. Sozinha, levantou a voz em meio a um povo de ideias hostis. Após tantos anos condenada ao cadeado, manteve a mesma firmeza. Era uma grande mulher. Mas amor é diferente. Não basta admirar, é preciso também amar. Há que um sentimento esteja ao lado do outro, ou as duas pessoas serão muito infelizes.

E Sambo continuou me explicando que admiração é algo cerebral.

Quem a sente tem consciência de suas razões. É um sentimento que pode ser racionalizado. Vem de fora para dentro, e às vezes pode tornar-se amor. Mas se não se torna é melhor não forçar.

— Tudo isso é muito complicado, não, Sambo?

Ele sorriu com olhar brilhante e me afirmou que era uma complicação muito agradável de ser vivida, porque é um componente indispensável à própria vida.

— Sem amor as coisas perdem seu sentido maior. E a vida escorrega pelo tempo, como uma lesma moribunda.

E agachando-se meu amigo apanhou da terra úmida um caracol que lentamente se arrastava sob a insignificância de sua frágil casca. Mostrou-o a mim com um pequeno gesto e o devolveu à umidade da terra. Senti repulsa. Então a vida sem amor se pareceria com aquilo?

— O amor é maior que a amizade, Sambo?

— É mais profundo. Embora... embora menos elástico. Há um dito popular que explica isso muito bem. Diz assim: O amor é cego, a amizade fecha os olhos. Você entendeu?

Disse sim com a cabeça, embora sem muita segurança, o que Sambo percebeu, e então acrescentou, sorrindo:

— Quando você o sentir, entenderá, e vai ver que estará descobrindo o maior fenômeno do universo.

Decididamente Sambo sabia das coisas. Sabia, ou não sabia?

A caminho de Jumaran

Foi então que eu perguntei a meu amigo por que todo mundo ia pedir a Jumaran tudo aquilo de que precisava. Ele não me respondeu de pronto. Bateu a cinza do cachimbo devagar, olhou para mim com seu olhar azul-marinho e me convidou:

— Vamos um dia nós dois até Jumaran. Talvez eu possa encontrar minha mulher cor-de-rosa de quem nunca me esqueci. E também minha amiga do caramujo. Você, por acaso, não terá também algum secreto desejo?

Claro que eu tinha. Quem neste mundo não tem seus desejos?

— Qualquer um pode ir?

— Qualquer um pode ir. Mas tem que ser em um momento certo. Há que se estar no mês de *Dedabon*.

Perguntei-lhe que mês era esse de que jamais ouvira falar, e ele me explicou que a gente só o conhece vivendo, aprendendo a colocar todas as letras, todos os detalhes, nos seus devidos lugares. Fiquei muito curiosa. Seria um mês que existiria em culturas estranhas, como a cultura dos incas ou a dos astecas? Talvez... Com nome tão estranho... Mas conhecendo Sambo como eu o conhecia, sabia da inutilidade de insistir, já que ele não explicara no primeiro momento.

Naquele dia fui até a praia procurá-lo. Ele estivera consertando as malhas de uma grande rede e depois descera até a areia, onde se demorava muito. Fui a seu encontro e ele me falou:

— Tenho pensado em nossa ida a Jumaran. Você é uma menininha levada e curiosa, mas aposto que nunca deixou de estar no mês de Dedabon. Sabia que amanhã será noite de lua cheia?

Claro que eu sabia. Mas por que meu amigo queria sempre que eu tirasse minhas próprias conclusões? Que teria a ver Dedabon com lua cheia? Gente grande era mesmo difícil de entender. Até meu amigo Sambo. Então perguntei se isso de lua cheia significava, por acaso, que no outro dia nós poderíamos partir a caminho de Jumaran.

— Pode ser — disse ele. E você já sabe mesmo o que é Jumaran?

Não. Eu não sabia ao certo. Para ser franca, não sabia nem ao incerto. Por exemplo, não tinha certeza se era gente ou lugar. E fiz a pergunta:

— Jumaran é gente ou lugar?

Vi um sorriso bonito no rosto acobreado de meu amigo. E seus olhos mostraram uma expressão misteriosa.

— Depende de você. Jumaran é o caminho da esperança. Pode ser gente para você e para mim ser um lugar.

— É um caminho de esperança, então?

E Sambo, convincente:

— Caminho não é somente uma estrada pela qual se pode viajar. Caminho é também uma solução que se encontra, uma atitude que se toma para resolver um impasse. Tudo isso é caminho. Então Jumaran é um caminho.

Fiquei um pouco pensativa, e volvi:

— Tem árvores ladeando e terra pelo chão?

Meu amigo mantinha um sorriso no canto da boca e um ar malicioso nos olhos. Parecia meu irmão mais velho brincando comigo.

— Pode ter terra no chão ou deixar de tê-la, pode ter árvores ou não ter árvores. Mas todos os humanos podem encontrá-lo, se acertarem o momento exato do mês de Dedabon. Sem Dedabon é que não se consegue chegar lá.

— Por que Dedabon? Por que não abril ou setembro?

— Ora, você ainda não teve tempo bastante para aprender que Dedabon é o mês que está sob o signo de *Amoor*.

Fiquei pensando. Eu nasci em abril, sob o signo de Áries. Mas Dedabon nem está no calendário, e Amoor não está no Zodíaco... suponho. Não será mesmo coisa dos astecas?

Quando lhe falei disso, Sambo me explicou que o Dedabon está no calendário universal, por isso ele tem os trezentos e sessenta e cinco dias do ano, e que Amoor é o signo mais importante de todos, já que preside todos os signos do Zodíaco, e certamente os astecas o conheciam, porque ele não escolhe povos nem raças para estar com alguém.

— Preside a todos, Sambo? Como é mesmo isso? Ele é assim poderoso?

— Pode até mudar os destinos que os signos do Zodíaco determinam. Só ele muda as pessoas e as vidas.

Eu estava admirada. Aquele velho marinheiro aprendera coisas que eu nunca imaginaria.

— Você quer dizer que o encontro com Jumaran depende do signo de Amoor?

Sambo não respondeu porque sei que não me responderia se eu lhe perguntasse se o A é a primeira letra do alfabeto ou se seu nome era Sambo. Mas me olhou com olhos iluminados. Tinham a mesma luz que neles vira no dia em que me falara de algumas coisas sobre ter um momento exato da lua para buscar Jumaran. Essa hora ele saberia pelo momento da lua em que ela estivesse mais cheia.

No instante maior do plenilúnio. Porque era preciso estar também com o coração cheio. Pleno. De coisas boas.

— Toda vez que for lua minguante, você terá que parar a caminhada e atrasar um tempo na busca a Jumaran. E só recomeçar quando voltar a lua crescente.

— Mas eu não vou poder tirar do céu a lua minguante.

— Não. Não tirar do céu a lua minguante, *mas tirar o minguante do seu coração.*

— Quanto menos minguante, mais se caminha?

Sambo cachimbou mais uma vez. Sorrindo. E soltou a fumaça.

— Pois é. Quem tem um minguante perde as energias. Um crescente as refaz. Mas só uma lua cheia no coração de alguém é seu melhor guia. Está pronta, então?

— Acho que sim. Vamos amanhã?

— Não amanhã, esta noite.

— O que vou dizer à mamãe?

— A mamãe já sabe que você está vivendo um grande sonho.

Não entendi muito bem, mas eu não confiaria em nenhum estranho que me convidasse para uma aventura. Só que Sambo não era um estranho.

Ele olhou a lua demoradamente. Depois enfiou a mão no bolso do macacão de mescla que vestia e dele retirou um relógio antigo que tinha numeração em algarismos romanos. Consultou-o com cuidado e voltou a olhar a lua. A luz tomava o rosto dele, que brilhava na ligeira umidade de pele sadia. Seus olhos pareciam faiscar enquanto ele fixava o alto. O vento jogava pelos ombros seus cabelos grisalhos e lisos, qual fossem uma crina bem aparada. Ficou assim durante algum tempo. Quantos anos teria aquele homem? Tão velho e tão moço... Alguns momentos passados, voltou a consultar o relógio e marcou comigo.

— Hoje à noite. Exatamente às dez horas e vinte e dois minutos.

Pulei de contente. Quase não acreditava. Meu velho amigo me levaria a Jumaran. Comecei a catalogar mentalmente meus desejos e já me preocupava em saber qual deles deveria merecer prioridade, pois Sambo sempre me advertira de que poderia alimentar muitas aspirações e poderia tentar a realização de todas, mas sempre que fosse uma de cada vez. Ou perderia todas.

Já ia a meio caminho quando me lembrei e retornei ao amigo:

— Que devo levar para a viagem?

Sambo sorriu. Seus olhos estavam brilhando.

— *Bons propósitos. Só isso.*

Na hora exata fui ao encontro de Sambo. Ele me sorriu com olhos animados. Esticou-me a mão forte, segurou demoradamente a minha e a apertou, como se estivéssemos selando um pacto.

Senti que o marujo velho, de duzentos anos, não tinha mais do que minha idade.

Começamos a caminhar cheios de alegria. Seria um derradeiro dia de Dedabon, que recomeçaria no dia imediato? Já que o mês de Dedabon continha todos os meses do ano, ele poderia começar e terminar a qualquer dia de qualquer dos meses do calendário. Sob o signo de Amoor iniciamos nossa jornada, e fomos pacientemente na direção de Jumaran, o caminho da esperança.

Na estrada, todos os viajantes também vão à procura de Jumaran. Cada um deles poderá encontrá-lo. Em uma pessoa, em um lugar, em um caminho que descobre, em um gesto e até em uma palavra. São inúmeros os que se juntam a nós na caminhada. E todos, crianças ou jovens, porque não se pode ver seu rosto nem lhes são pedidas certidões de idade. Só pode ser visto seu coração.

Todos carregam em seu coração o crescente da Bondade. Seus desejos, que buscam em Jumaran realizar, são sempre inspirados pelo signo maior do universo, o signo do Amor. E todos são jovens porque nunca envelhece nem enfraquece o coração dos que caminham persistentes em busca dos seus desejos, presididos pelo signo mais forte de todo o universo.

Um reencontro

A ***caminhada às vezes cansava um pouco. Não a Sambo,*** que tinha em si o livro da Sabedoria. Mas a mim, que ainda não tinha aprendido a exorcizar por completo as tristezas e os desapontamentos. Por isso algumas vezes paramos à sombra dos arvoredos ou nos detivemos à margem de algum riacho para matar a sede.

Em uma dessas paradas foi que nos veio ao encontro uma mulher simpática, de olhar inteligente, tendo ao lado um companheiro. Não reparei de onde ela aparecera, mas vi que Sambo demonstrou muita alegria e a abraçou efusivamente. Trocaram algumas palavras sem maior importância, e, para minha enorme surpresa, a mulher começou a dar notícias. Sabia de todos.

A mulher-caramujo estava feliz. Encontrara-a logo ali atrás. Morava em uma chácara imensa à beira-mar. Casara-se com um homem muito bom, que de rosto era um pouco parecido com Sambo, do que meu amigo deu muitas risadas, e tinha dúzias de filhos. Sua casa mais parecia uma floresta. Os saguis e chipanzés viviam pulando pelo arvoredo aos guinchos. Pombos, sabiás, bem-te-vis e periquitos enchiam o ar com seus arrulhos, cantos e palrados. As cotias, as pacas e os tatus corriam por entre a folhagem com lagartos e calangros. E o mar quase lhe chegava ao batente da porta. Seu marido era um pescador que durante o dia passava horas no mar com sua rede e, ao voltar à noite, ajudava-a a pôr as crianças a dormir e lhe presenteava com buquês de malmequeres.

Sambo sorria enquanto a mulher narrava. De repente perguntou, quase incrédulo:

— Então é mesmo que ela se casou?

A mulher afirmou com um gesto.

Então não conseguiu uma nova casca em Jumaran? — volveu Sambo.

— Acho que conseguiu algo melhor. Conseguiu aprender que não é se escondendo em conchas de caramujos que as pessoas alcançam ser felizes. Ao contrário, é convivendo e amando. Ela parou de chorar, chorava à toa. Quem sabe se não era a solidão? Agora pareceu-me muito feliz.

— E você? — perguntou Sambo.

— Eu... também encontrei meu companheiro. Um homem que tem um sol na cabeça, uma lua no coração. Por isso ele pode entender que meus princípios são justos. E pode me amar sem desconfianças. Estamos os dois a caminho de Jumaran buscando forças para os nossos objetivos. A dois, o caminho sempre é mais suave.

Sambo ainda pilheriou:

— E que notícias me dá do cadeado?

— Até já o esqueci. Por que nos prendermos às dores passadas, quando podemos trabalhar por alegrias futuras?

Sambo assentiu com a cabeça.

— Ah! — tornou a mulher — Ia-me esquecendo, sua mulher cor-de-rosa está feliz à sua espera. Eu a vi gozando a plenitude do retorno a suas origens.

Vi a emoção no rosto de meu amigo. Ele nem mesmo pronunciou qualquer palavra, mas senti que sem muita demora Sambo também estaria realizado.

Sambo em Jumaran

Há muitos e muitos anos estou nessa jornada e nela prossigo com determinação. Meu amigo jamais permitiu que eu deixasse o minguante instalar-se no meu coração, para que não retardássemos nossa busca. E sempre que alguém de mim se aproximava no intuito de me enganar a boa-fé, ou sempre que alguém me machucava o coração, Sambo me fazia sentir que dele me deveria afastar, e perdoá-lo, para que não minguasse minha lua cheia.

Assim tenho vindo. Por muitas vezes luzes brilharam em meus olhos, a poucos metros do chão onde eu pisava, e eu tive a ilusão de ter por fim encontrado Jumaran. Mas, em todas as vezes, os fogos-fátuos desfizeram-se ante meu olhar esperançoso. Sambo, porém, sempre esteve a me animar e a me ensinar coisas. A me dizer que nunca deveria entristecer. A vida é toda feita de fogos-fátuos e dificilmente se chega a uma estrela definitiva sem haver ralado a alma e o coração repetidamente pelas desilusões e pelos enganos.

Cresci. Tornei-me adulta nesta caminhada. Minha busca a Jumaran prolonga-se. Enquanto caminho as lições de vida vão-se mostrando e me mostrando os erros e acertos.

Meu amigo Sambo, meu sábio amigo, um dia parou no limiar de uma variante. E eu vi seus olhos brilharem de satisfação. Estavam azul-celeste quando ele me falou:

— Agora encontrei minha meta. Minha mulher cor-de-rosa ali está novamente em sua forma vegetal e a ela eu vou me reunir para sempre. Chegou o fim do meu caminho.

Como não entendesse muito bem, ainda perguntei:

— Mas você é humano, Sambo. Como se unirá à mulher que retornou à forma vegetal definitivamente?

Seu sorriso acompanhou a explicação que foi a última e a mais bonita de suas lições.

— Agora que você irá sem mim, é preciso que nunca mais esqueça de que sob o signo do Amor nada existe que se torne impossível. Se amamos com pureza e sem interesses egoístas, todas as coisas são possíveis e até mesmo se tornam fáceis. Até mesmo um homem unir-se a uma flor. Você não acredita?

Nem tive tempo para esboçar uma resposta. Ele, como que magnetizado, saiu caminhando devagar, mas decidido. Surpresa, esperei até vê-lo chegar-se a um arbusto da altura de um ser humano, onde uma flor gigantesca, de corola rósea e aveludada, parecendo ter o diâmetro de um sombreiro mexicano, curvou-se levemente até ele e se aconchegou a seu ombro, enquanto as palmas esverdeadas, largas como mãos, fechavam-se por trás do corpo do velho marujo. Assustei-me e ia gritar-lhe o nome, temerosa de perdê-lo. Mas vi em seus olhos uma tal expressão de alegria, e nos lábios um tão feliz sorriso de vitória enquanto seus braços enlaçavam o arbusto, que permaneci parada, tomada de perplexidade.

No entanto, vi que o homem e o vegetal se integravam a tal ponto que o corpo de Sambo começou a parecer um arbusto vigoroso, e o caule da planta se me afigurou uma mulher carinhosa, e me convenci de que Sambo realmente se encontrara, no reencontro com sua mulher cor-de-rosa. E estava muito feliz.

Meus olhos umedeceram e meu coração chorou um pouco. Mas só de saudade.

Entendi que era o momento de deixá-lo, eu também aprendera que é preciso aceitar a necessidade ou a decisão do outro, ainda que nos doa a renúncia e devamos perdê-lo.

E agora eu seguiria sem o amigo, mas mesmo sem ele eu não estaria sozinha. Sambo me havia ensinado que até quando parecemos solitários temos o melhor guia, se sabemos conservar a lua bem cheia no coração. Importante é nunca deixá-la minguar.

A propósito: como vai indo sua lua cheia?

Autora e obra

Conversa com a autora

Os leitores que me conhecem de outros livros têm referências minhas, mas sempre há os que estão lendo um texto meu pela primeira vez. Quero fazer-me lembrar aos primeiros e apresentar-me a estes últimos.

Sou baiana, nascida na capital, Cidade do Salvador, ou simplesmente Salvador. Os que a chamam São Salvador estão enganados. Nossa capital é uma cidade extensa, dourada de muito sol e rodeada do maior litoral do Brasil, o que lhe confere muita beleza ao ser contemplada do mar. Somos um povo trabalhador e alegre, que gosta de dançar, e muito me orgulha dizer que somos também muito acolhedores, pelo que um número notável de estrangeiros que aqui vem visitar acaba voltando para ficar, e todos nos irmanamos em bom convívio, sem preconceitos.

Fui à escola ainda pequena porque tinha muita curiosidade em aprender a ler, rebelei-me contra o Jardim Infantil e aos 4 anos de idade já lia de tudo, hábito que me faz feliz até hoje. Não me bastando ler, comecei a escrever e me tornei escritora. Fiz faculdade de Direito, pós-graduação e virei também crítica de arte. Conquistei prêmios em concursos com meus livros, que já são 35, e deles 21 são dirigidos a leitores juvenis. Este *A lua no coração* não tem idade definida à qual possa ser direcionado, dos 10 anos aos 100, todos se sentirão à vontade para participar da amizade da garota curiosa com o misterioso Sambo, em cujos lábios a autora coloca as coisas nas quais acredita em relação à vida. Em especial, este livro me é muito do coração. Nele, o lugar de todas as felicidades é nomeado Jumaran, palavra que encerra os nomes dos meus três primeiros netos, e para o qual convido os leitores a iniciarem sua viagem através desta história, cuidando bastante, porém, para que a lua permaneça sempre cheia no coração de cada um. E boa viagem!

Ilustradora e obra

Nasci em Portugal, mas vivo e trabalho em São Paulo faz um tempão. Fiz faculdade de artes plásticas na FAAP, sou mestre e doutoranda em artes visuais pela ECA/USP, tudo em São Paulo. Adoro desenhar e ler. Já ilustrei vários livros, para gente pequena e gente grande. Sou artista visual, ilustradora, poeta e professora de artes visuais. Ilustrar o livro *A lua no coração* é como entrar num conto de fadas, onde os personagens e a natureza se fundem em encantamentos poéticos, é como um narrar fabulado onde plantas e animais dialogam em harmonia numa busca de paz.

Visitem meus blogues:

Imagem e Palavra — Constança Lucas
<http://constancalucas.blogspot.com/>

Poesia Visual
<http://postaiscompoemasvisuais.blogspot.com/>

A LUA NO CORAÇÃO

GERENTE EDITORIAL: Rogério Carlos Gastaldo de Oliveira
EDITORA-ASSISTENTE: Erika Alonso
PREPARAÇÃO DE TEXTO: Ana Maria Fiori
AUXILIAR DE SERVIÇOS EDITORIAIS: Flávia Zambon
ESTAGIÁRIA: Gabriela Damico Zarantonello
EDIÇÃO DE ARTE E PROJETO GRÁFICO: Gilberto Tomé | Fonte Design
REVISÃO: Lilian de Oliveira
PRODUTOR GRÁFICO: Rogério Strelciuc

Rua Henrique Schaumann, 270 – Pinheiros
05413-010 – São Paulo – SP
PABX: (0xx11) 3613-3000
FAX VENDAS: (0xx11) 3611-3268
www.editorasaraiva.com.br

1ª edição
1ª tiragem, 2012

Visite nosso *site*: www.formatoeditorial.com.br
Atendimento ao professor: 0800 011 7875
falecom@formatoeditorial.com.br

Dados Internacionais de Catalogação na Publicação (CIP)
(Câmara Brasileira do Livro, SP, Brasil)

Lemos, Gláucia
A lua no coração / Gláucia Lemos ; ilustrações de Constança Lucas. -- São Paulo : Formato Editorial, 2012.

ISBN 978-85-7208-789-6
ISBN 978-85-7208-790-2 (professor)

1. Ficção - Literatura juvenil I. Lucas, Constança. II. Título.

12-05437 CDD-028.5

Índice para catálogo sistemático:
1. Ficção : Literatura juvenil 028.5

Impressão e Acabamento: Cometa Gráfica e Editora
www.cometagrafica.com.br - Tel- 11-2062 8999